꽃 핀자리에 햇살 같은 탄성이

人
人
사
십
편
시
선

035 전종호 시집

꽃 핀 자리에 햇살 같은 탄성이

2021년 6월 15일 제1판 제1쇄 발행

지은이   전종호
펴낸이   강봉구

펴낸곳   작은숲출판사
등록번호   제406-2013-000081호
주소   10880 경기도 파주시 신촌로 21-30(신촌동)
전화   070-4067-8560
팩스   0505-499-8560
홈페이지   http://www.littleforestpublish.co.kr
이메일   littlef2010@daum.net

ⓒ 전종호

ISBN 979-11-6035-106-4   03810
값은 뒤표지에 있습니다.

꽃 핀자리에 햇살 같은 탄성이

전종호 시집

작은숲

어린 시절 동구 밖에서 동생들과 함께 장에 가신 부모님을 줄곧 기다렸다. 동구 밖은 항상 까마득한 어스름이었고 밤이 되어도 부모님은 쉽게 돌아오지 않았다. 사는 일이란 동네 안이 아니라 동구 밖에서 기다리는 일이란 것을 일찍이 알았다. 그때부터 어스름과 까마득함과 기다림이 삶에 달라붙었다. 나이가 들어서도 저녁이 되어 어스름이 깔리면 막막해졌다. 막막함은 곧 먹먹함이 되고 먹먹함이 까맣게 스며들 때 혼자 부른 어설픈 노래는 말장난이 되고 글이 되고 시가 되었다. 시는 달라붙은 어스름을 떼어내는 일이면서 한편으로 어스름과 벗하는 일이었다. 막막함 속에서 한 줄기 빛을 찾아가는 길이었다. 항상 빛 속으로 나가길 소망했지만, 어둠 속에 빛이 있다는 것을 깨닫기까지는 시간이 더디게 갔다. 하기야 저 평화의 강물도 가뭄과 장마의 시기를 견뎌야 했거늘 우리네 삶이 어찌 평탄하기만 하겠는가. 이제 인생의 가을이다. 가을은 어둠보다 빛의 강도가 약간 더 세지만, 겨울을 향해 기울어가는 계절이다. 여전히 빛을 바라보되 기꺼이 기울어가는 삶을 끌어 앉고 살아가겠다. 어스름 즈음의 아득함을 맞기 위해 이제 동구 밖을 벗어나 해 지는 곳으로 걸어가고 싶다.

임진강가에서 평화의 꽃잔치를 넋 놓고 바라보며
2021년 봄날 전종호

|차례|

제3부

제1부

이따금 바람이 꽃밭 쓸고가는 마당에

달맞이꽃

쏟아지는 햇살에 맞서
나 같은 게 뭐라고 고개 빳빳이 쳐들고
얼굴 세우고 있을 필요가 있을까요
오가는 사람들 한마디씩 하고
바람도 이따금 스치고 지나며
꽃밭 한 귀퉁이 쓸고 가는 마당에
꽂꽂이 턱 받히고 있을 이유가 뭐 있겠어요
그래도 그래도 말입니다
보는 사람들 아무도 없을 때
모두가 잠들고
당신 혼자 노랗게 하늘을 비출 때
어여삐 여겨 주는 당신에게
다소곳이 맑은 얼굴 한 번 들고
혼자서라도 웃어 보이면 안 될까요
보는 사람들 아무도 없을 때
당신 얼굴처럼 노랗게 피었다

조용히 숙이는 건 괜찮겠지요
감히 넘볼 수 없는 당신 앞에서
고개를 뒤로 돌리고
숨죽여 울다 가는 것이야 괜찮겠지요

채송화

몸을 땅에 최대한
가깝게 붙여서
굳이 하늘 같은 건
우러러보지 않고
아래라고
내려다보지 않으며
아무 일 없어도
햇빛이 나면
작은 꽃들 모여서
가는 목을 받들고
피고 번져
알아주는 사람
하나 없어도
울 밑이나 도랑 옆
낮은 세상을
혼자서도
환하게 비추고 있다

겨우살이

떠나거나 죽거나 다시 살기 위해
모두가 몸을 비우는 시간
헐벗은 참나무에 기대어
겨우 살아가는 겨우살이가

현상이 모두 진여眞如는 아니며
삶에는 항상 예외가 있다는 것을

한겨울에 잎을 내고 열매를 키워
살아서 보잘것없는 씨앗으로
허기진 겨울새를 먹이고
죽어서 몹쓸 병 약제로 거듭나

아픈 사람을 고치고 살려서
마른 나무에 푸르름이 있고
굳은 열매 안에 생명이 배여

삶은 비로소 역설逆說이라는 것을

홀로 몸소 가르치며
다시 겨울을 기다리고 있다

모과나무

꽃이 없이 어찌 열매가 열렸으랴만
모과에 꽃이 피는 줄은 정말 몰랐다
사월마다 연분홍으로 피었다 지며
저 스스로 몸을 숨기지 않았음에도
지금까지 꽃을 보지 못한 것은
오로지 보고 싶은 것만 보았거나
있는 것을 없는 것처럼 생각했거나
외모나 쓸모에 대한 편견이었겠지만
당연할 수 없는 것을 당연히 여기는
얄팍한 생각의 습관 탓이 컸으리라
등 굽은 어머니의 투박한 손을 보면서
젊은 시절 희디흰 손등의 간절했던
새악시 청초한 꿈은 보지 못했고
자잘한 주름살 늙고 퀭한 눈을 보면서
눈물에 잠긴 세월을 읽지 못한 것은
모과꽃을 보지 못한 것과 같은 까닭이니

사월의 어느 날 우연한 모과나무는
우둔한 자여 열매만 말고 꽃을 보라며
이파리 뒤에 숨어 열매를 익히는
꽃과 햇빛의 협업을 지켜보고 있다

야생화

산에 들에 산다고 쉽게 야생화라 하지 마라
본성을 따라 피고 웃고 지거늘
산에 들에 산다고 본데없다 하지 말고
수많은 생명을 퉁쳐 야생화라고 부르지 마라
우리도 각각 얼굴이 있고 색깔이 있어
이도 저도 아닌 복수 명사가 아니라
각자 고유명사임을 잊지 말아라

구절초면 구절초라 하고
얼레지면 얼레지라 하며
이름이 없다면 이름을 지어 부르고
모른다면 이름 모를 꽃이라 하라
산에 들에서 여럿이 모여 함께 산다고
함부로 묶어서 부르지 말고
각각의 꽃잎 색깔과 모양
무리지어 어우러진 황홀한 색의 향연을 보라

꽃이 본래 길러지기 위한 것이 아니니
기르는 꽃들을 기준으로
사람의 호사대로 말하지 마라
우리도 각자 독특한 향기가 있고
좋아하고 싫어하는 기호가 있거늘
마을 밖에 산다고 통칭으로 부르지 말고
집에서 기르는 꽃처럼 이름으로 불러다오

사람의 정성 손때 묻지 않고
땅바닥에 지천으로 피어
사람의 발바닥에 밟힌다 하여
하찮고 더러운 것이 아니니
들풀을 잡초라 부르지 않듯
야생화는 부당한 이름이라
우리 이름을 따로 하나씩 불러
홀로 함께 웃는 꽃들의 분명한 얼굴을 보라

봄

겨울은 지나갔으나
아직
봄은 피지 않았다
애써 물을 길어 올려
우듬지
말초신경까지는 아니고
몸통만 시퍼렇게 물들어
봄은
나무줄기에서
아직 씩씩거리고 있다
누를 수 없는 허기는 여전하고
소식은
도착하지 않았다

슬픔에 대하여

두고두고 마음이 아플 것이다
오랫동안 누를 수 없을 것이다
꽃바람이 불어도 옆구리는 허전하고
복받쳐 올라오는 거친 울음은 차츰
명치를 콕콕 찌르는 심통이 될 것이다

저녁 어스름 동구 밖에 얼비치는 그림자
그이 아닌가 하여 핑하고 눈물이 돌거나
다시 꽃 피는 계절이 올 때마다
떠나던 날의 눈부신 봄꽃에 울고
세상은 아무 일 없다는 듯 무심한 얼굴에
또 한 번 마음의 끝은 베일 것이며
구부려 잠든 아이들을 볼 때마다
뒤돌아 속울음을 감춰야 할 것이다

슬픔을 감당할 나이가 어찌 따로 있으며

큰 슬픔 작은 슬픔 애써 나눌 수 있으랴마는
죽음을 지기에는 너무나 아린 나이에
이별을 순명順命으로 곰삭히기 전에는
슬픔은 항상 남은 자들의 것이고
슬픔을 이기는 길 또한 산 자들의 몫이니
목을 조여 오는 슬픔의 곁에서
슬픔의 손을 잡고 함께 울음을 삼킬 일이다

나이 들면서 가끔씩

높은 산에 올라 먼산주름을 바라볼 때
구름 너머 또는 안개 사이에서 번진
그리움이 가슴을 지나 목울대를 거쳐
모호한 슬픔으로 차오를 때가 있다

쉽게 설명할 수 없는 것들이 가끔씩
명치를 찌르고 목구멍까지 올라와
울컥하고 치밀어 오를 때가 있다

둘러앉아 먹는 밥도 아니고
혼자서 빵을 씹고 있을 때
쓸쓸한 술을 마시고 있을 때나
담뱃진 노란 손끝으로 탄 커피를 마실 때
까닭 모르는 외로움이 겨울바람처럼
싸하고 옆구리를 베고 지나간다

순례의 길이나 험한 산을 오를 때의
충만한 비움이 아니라
먼 산이 손 까부르며 부르는 간절함이
슬픔의 송곳 되어 뼛속까지 찔러 오거나
이유 없이 눈가를 촉촉이 적실 때가 있다

달콤한 것이나 독한 것으로는
다스릴 수 없는 쓸쓸한 것들이
나이 들면서는 누군가 함께 있을 때에도
가끔씩 불쑥불쑥 나타나
심장을 찌르는 막막한 슬픔이 된다

시간

서른이 되기까지는 보지 못했네
어쩌다 취학 통지서나 입대 영장에서 보았을 뿐
늘 등 뒤에 서서
이파리에 맺힌 아침 이슬 한 방울
땅에 스미는 것을 바라보듯 천천히
가는 길 구태여 잡지 않았네

마흔이 넘자 시간은 강물처럼 흘렀네
앞 물이 끌고 뒤 물이 밀듯이
앞 세대가 차고 뒷세대가 밀어
큰 물소리 내며 흘러가
세상살이가 한참 팍팍하였지
자식은 제 속을 다 드러내지 못하고
아비는 더 이상 자식을 어여쁘다 말하지 못하였다네

예순이 넘자 시간은 바람처럼 앞장서 날아가네

한밤중에 번번이 잠을 깨우고
산을 오를 때마다 가끔씩 넘어뜨렸지
갈 곳은 많은데 할 수 있는 일이 많지 않아
속도를 따르지 못하는 사람들은 허둥대었네

나이가 더 들어가면서 알았네
시간은 원래 존재하지 않는 존재였다는 것을
삶은 다량의 고난과 약간의 기쁨이 섞여
안타까움과 회상을 불러 시간이라 했을 뿐
힘들 때 제대로 부르짖지 못하고
기쁠 때에도 마음껏 소리치지 못해
미련과 후회가 시간의 명함이라는 것을
세월에 속고 자주 넘어져서야 알았네

이제는 시간을 따라가지 않고
힘들 때 소리치고 즐거울 때 찬미하면서

나 홀로 걷기로 했네
막연히 슬퍼하거나 노여워하지 않고
외로우면 동무를 불러
홀로 함께 노래 부르며 살기로 했네

떡값

추석을 맞아 고마운 사람들에게
떡이라도 돌리려고 했는데 돈이 없다
떡이 밥은 아니니
이만한 일이야 그만두어도 좋겠지
그래도 고마운 사람들에게 무언가 하고 싶은데
가난이란 결국 이런 것이구나

하고 싶어도 할 수 없는 일
한 뼘 볕에 얼굴을 부비고 해바라기 하면서
절간에 홀로 앉아 독경 소리에 빠지는 것처럼
이제 비우고 세월을 받아들여야 한다
누구에게는 촌지寸志라면서 적지 않은 돈
누구에게는 얼마 되지 않지만
가난의 뼛속까지 깨닫게 해 주는 떡값

평생을 밥을 벌다 물러나는 일은

하고 싶은 일을 손에서 놓아 주는 것
시선을 벗어나 남루에 편안해지는 것
낡은 침대에 누워도 맑은 잠을 꿈꾸는 것이다

잠

잠이 들면 금방 꿈을 꾸었습니다

별은 꿈속에서도 빛났고
온갖 꽃밭 사이로 길이 나
어린 시절 잠은 편안했습니다

나이 들어 초록의 시대는 가고
피곤은 잠으로 잠행^{潛行}했습니다
속을 채우려 하지 않았음에도
고운 꿈은 자리를 잃고
잠을 자도 몸은 풀리지 않았습니다

늙어가면서는 밤이 되어도
별빛 꿈결은 고사하고
잠은 느리게 와서 재빨리 사라집니다

살아갈 날을 생각하며
자주 깨어있는 새벽
지리산 장터목이나 히말라야 타다파니
먹물빛 하늘 쏟아지는 별빛이
은총처럼 다시 내 안에 스며들기를

신이 사랑하는 자에게 주시는
평온平穩을 두루 나눌 수 있기를
밤마다 눈을 뜬 채 꿈을 꿉니다

써레

한 톨의 쌀을 얻기 위해서는
내가 부서져야 한다
겨우내 얼었다 녹았다
풀린 흙덩이들을 누르고
잘게 부수고 아울러
어설피 물먹어 퍽퍽한 무논
어린 모의 착근著根을 위해서
단단한 것들은 부드럽게
모난 것들은 평평平平하게
소와 사람과 발을 맞추어
번지*로 땅을 골라야 한다
가리고 막고 돌아서는
한 조각 마음을 얻기 위해서는
고단한 몸에 빗살처럼
박달나무 발을 땅에 박고
깨지고 닳고 마침내 스러져

땅을 고르게 다지는
써레처럼
기꺼이 나를 부수어야 한다

* 논밭의 흙을 고르는 데 쓰는 농기구

허리

머리처럼 높이 있지 않아
깊은 뜻까지야 알 수 없고
아주 낮은 곳도 아니어서
발아래 일은 살피지 못했다
머리 쓰는 데는 따로 있고
갈 곳을 이끄는 다리도
가까이 있지 않지만
이고 지고 골머리 썩던
고민과 걸음의 하중을
평생 오롯이 홀로 견디다
나이 들어 통증만 남았다

중심이 되어
상하를 연결할 수 없다면
세계의 균형이 깨지고
기둥이 무너진다면

좌우의 신경도 이을 수 없지만
말없이 참는 것이 미덕이고
무게를 지는 것이 소임이라 여겨
고맙다는 소리 한 번 듣지 못하고
아파 허리 잡고 뒹구는 밤
휨과 쉼이 힘이라는 사실을
너무 늦게서야 알았다

비빔국수

언젠가 혀에 착 감기던 맛이 생각나
국수를 삶아 맛있게 비볐다
맛은 기억으로 있을 뿐
영 그 때 그 맛이 아니다
맛이라는 게 손맛이라고는 하지만
청국장 같은 쿰쿰한 냄새나
상 앞에 둘러앉아 함께 허기를 채우던
사람들의 시큼한 입김과도 섞인 것이니
혼자 먹는 국수 맛이
어찌 어떤 한 때 그 맛일리야 있겠는가
살아가는 것 또한 그러하니
좋은 생각으로 벌린 일이 번번이 싱겁게 끝나고
기억은 기억에 머물 뿐 재생되는 사랑은 없다
날은 늘 새날이고 날마다 새길을 나서지만
미망迷妄의 길은 미망未忘의 맛에 갇혀 있다

오직 한 길

이 길밖에 없다
칼바위 위에 걸린 오직 한 길
선택할 수 있는 다른 길은 없다
앞길을 접고 돌아갈 길도 없다

길가에 그 흔한 꽃 하나 피지 않고
나무 그늘 한쪽 어설피 펴있지 않아도
이 길밖에 없다면
손을 달달 털고 길을 가야 한다

밀려오는 아찔한 현기증을 벗 삼아
부들부들 떨리는 온몸의 흔들림을 안고
겁을 안으로 접고 담대하게 가야 한다

길 끝에 기다리는 것이
무엇인지는 알 수 없지만

고난이 있다면 기꺼이 등에 지고
기쁨이 온다면 환한 눈물로 껴안고

가는 길이 혹시 하늘 아래 멈춘다면
하늘을 우러러 진정 구원을 바라며

앞에 나 있는 오직 이 길
박수쳐 주는 꽃 한 송이 없어도
망설이지 않고 당당하게 걸어가겠다

입동立冬

미도파나 신세계, 줄지어 선 마네킹의 시선이
빛나기 시작하면 육교陸橋 위에서 쥐포를 굽는
아주머니네 뒷덜미 솜털이 일어선다 바라보면
눈물이 쏟아질 듯한 거리距離에서 겨울은 손을
내저으며 모래내 할머니 하얀 머리에 찬바람
으로 와 앉는다

* 〈한국문학〉 1979년 8월호에 게재

배롱나무

한 줄기 바람에 코가 꿰어 매롱
배롱나무
장난기 어린아이 겨드랑이 간지럼에
까르르 깔깔 배롱나무
연분홍빛 아린 연민에
눈앞이 아련아련
막걸리 잔술 취기 약한 농기弄氣에도
다리는 꼬여 허둥지둥
아아 벨롱벨롱*
배롱나무

* 반짝반짝

한때

누구에게나
한때는 있다

빛나는 이마로 하늘을 쥐고
날 것 같았던 그때
발그레 달아오르던 시절

그립다
말하고 돌아서면
촉촉한 향기만 남아
눈시울 뜨거워지는 그때

행복

좋다 좋다
산중 초록의 평화 물결
느리게 걷는 숲길
푸른 대숲에 서걱이는
시원한 바람소리
좋다 참 좋다
햇빛 조용한 바닷가에 앉아
사랑하는 그대와 함께
해지는 곳을 바라보는 것
황금 물결에 찰랑이는 파도의 노래
좋다 참 좋다
좋다 좋다 받아주고
얼씨구 추임새 넣어주는 마음이
좋다 좋다 참 좋다

속도

3분이면 돌 수 있는 트랙을
20분에 맞춰 걸어 봅니다
속도를 놓아버리면 어떨까
느리게 걷습니다만
속도에 익숙한 몸은 오히려
허둥대며 발걸음을 놓칩니다
몸에 새겨진 시간을 버리고
시원始原의 시간으로 운동장을 걸으면
스치고 지난 것들이 새삼 다시 보이고
철 지나 늦게 핀 민들레 홀로
어두운 모퉁이를 노랗게 밝히고 있네요

아버지

멀리 보고 핸들을 놓치지 마라
고 하는데
어린것의 핸들은 자꾸 꺾이고
좌우로 몸을 흔들어 균형을 잡으라
고 하는데
아들의 자전거는
자주 넘어집니다
삶이라는 게
말로 가르치고
귀로 들어 배울 수 있을까마는
아버지,
뒤에서 밀어주는 당신이 계셔
소리치고 잡아주는 당신이 계셔
아이들은 자전거를 배우고
세상에 한 걸음 디디는 법을 배우고
좁고 굽은 인생길
도리를 알게 되었습니다

그리움

만났다 헤어지니 다시 그립다
만나지 못할 때 누르던 마음
그립다 말하니 견딜 수 없다
속으로 삼키는 서러운 마음
감추려 돌아서니 눈물이 난다
한 번 터진 눈물 그칠 수 없어
어여쁜 꽃가지 꾹꾹 눌러서
부치지도 못할 편지를 쓴다
잔바람만 불어도 물결은 이는데
그리워 말 못하니 더욱 그립다

기수역

바닷물과 강물이 하루에 두 번씩 만나

해수도 담수도 아닌 기수역汽水域

짠물과 민물이 짠한 몸을 주고받으며

새롭게 거듭난 땅과 물에

덩치 큰 숭어도 붕어와 섞여 놀고

짜지도 담담치도 않은 개펄에

철새들 좋아하는 식물을 키워

때때로 노랑부리저어새 불러들이는 강변

세상도 잘난 사람 못난 사람 경계를 넘어

겉이 아니라 본디 제 모습대로

물처럼 서로 흐르며 살 수는 없을까

큰물 작은 물 합쳐지는 교하강交河江

햇빛과 어둠이 서로를 눕혀

아름다운 노을로 번지는 갈대밭에서

오늘의 어둠과 미명微明이 어우러져

피어날 힘찬 내일

인간의 새벽을 꿈꾼다

제2부

붉은 명자꽃 허황된 희망을 전하지 못했다

바닷가에서 묻다

파도를 보며 소리의 사이를 걷는다
바다는 끊임없이 흔들리고
더 나갈 수 없는 세상 끝 바닷가에서
한없이 조잘대는 파도의 숨 가쁜 소리를 듣는다
저 소리는 어디에서 올까
이 섬을 흔들었던 역사의 원혼들 아우성에서 왔을까
바다를 흔드는 저 바람은 어디로 갈까
쿠로시오 검은 물결 타고 오키나와 위령탑
청년들의 영혼에게로 갔을까

힘들고 외로운 제주 앞바다에 앉아
덴마크 루이지애나 미술관 앞마당
한가한 햇빛 자비롭게 쏟아지던
잠잠한 바다를 생각한다
아무 생각 없이 아무 부담 없이
커피나 맥주 또는 물 한 잔 들고

바닷가 풀밭에 앉아
온 길도 갈 길도 걱정 없이
잠시를 즐기던 사람들의 무심한 휘게*가 그립다

밀물이 몰려오고 또 썰물처럼 빠져도
바다는 항상 국적도 사상도 없는 그 바다이듯
세상이 별거던가 인간의 세상도 결국은 그렇게 될 터
이미 몸으로 터득한 뱃사람들은
저마다의 속사정을 심중에 묻고
결연히 거친 바다 작은 배에 오늘 밤 몸을 맡기고
멀리 뭍 산사의 희미한 새벽 예불 그 간구를 듣는다

간절한 구원의 종소리는
소리의 사잇길을 가르고 언제쯤 내게도 당도할까
언제 다시 평화로운 잠에 빠져 꿈을 꿀 수 있을까
세상에서 떠밀려 제주 바닷가 헤매던

추사의 세한도 붓질에서

나는 길을 찾을 수 있을까

오늘 하릴없이 세상 끝 제주 바닷가에서 길을 묻는다

* 덴마크어로 편안함, 아늑함을 뜻하는 덴마크 사람들의 쉼의 방식

간이역

기차는 오지 않았다
기다려도 결국 오지 않았다
기다리지 않아도 멈추지 않았다
시간은 오래전에 시계 밖에 있었다

산에 들기 위해 나선 길인데
마을은 온통 비에 잠기고
하늘 아래 산들은 보이지 않았다
끝내 철로의 평행은 접점을 찾지 못했다

구름과 하늘이야 내 어찌할 수 없는 일이고
세월을 비낀 역사驛舍에 앉아 어쩌랴
부질없이 눈을 감고 때를 기다리거나
드문드문 삶의 간이역 이정표를 상상할 뿐

평행선을 달려도 길은 외롭지 않다

사랑을 그리는 외로운 사람만 있을 뿐
그래도 멋진 풍경을 만나면 잠시 쉬어가리라
몸은 여기 두고 강 건너 멀리 하늘을 본다

늙음에 대하여

한때 어지간한 술꾼이었던 놈들이
소주도 아니고 겨우 막걸리 한 병에 떨어졌다

아직 그럴 나이도 아닌데
살이 빠져나간 몸은 희끗희끗 겉늙어
야위어가는 아내의 노동과
어떻게 해 볼 수 없는 사내의 무능을
막걸리 잔에 함께 비운다

젊은 날의 쓸데없는 허풍과
옛날 선생들의 말도 안 되는 행패와
요샛것들의 허약함에 대한 규탄은
술상의 단골 메뉴가 되었다

막걸리 몇 사발에 도는 풋 취기는
허름한 일산시장 순대국집의

값싼 순대마냥 퍽퍽하고 허허롭다

나이 들면서 가슴 한구석은 자주 무너지고
점점 벗겨지는 머리를 모자로 다 가릴 수 없듯
한 번 무너진 것들은 어설픈 위로나
술 한 잔으로는 온전히 다시 세울 수 없다

공원 풍경 1
- 걷기를 다시 배우는 사람들

목숨은 경각에 달리지 않았다
위기는 어디서도 느끼지 못했다
숨도 크게 못 쉬고 앞만 보고 달렸다
그런데 사지는 굳어오고
이제 제대로 걸을 수 없다

지팡이를 짚거나 유모차를 밀거나
몸으로 무거운 몸을 끌고 가야 한다
어릴 적 부모에게 박수를 받으며 배웠던
자연스러운 걸음을 눈치 보며
듣지 않는 몸을 끌고 혼자서 다시 해야 한다

바빠 눈여겨보지 않았던 이 작은 공원이
이렇게 멀고 크고 지난至難한 길이었구나
평지의 보도가 수십 각도 경사와 같은데
마음을 놓치면 지는 것이다

모름지기 수모와 불편과 도반이 되어야 한다

바람은 부드럽고 구름은 무심한데
찰랑이는 이파리의 지극한 가벼움 아래서
굳어가는 몸을 지켜보는 것은 수행이다
처진 어깨에서 쏟아지는 음악의 물결이
마치 오체투지의 진언송眞言頌 같다 눈물겹다

공원풍경 2

- 반려

마당 가득히 쏟아지는 햇볕 너머로
좁고 연약한 빛이 스미는 벤치에 앉아
부실한 등 하나 기댈 곳 없는
노인 몇몇이 가난한 햇볕을 쐬고 있다

사람 곁에 있어도 허전한 사람들이
고양이 강아지 한 마리씩 안고 나와
떨어지는 한 뼘 햇살을 머리에 이고
웃다 다투다 말하다 이따금 졸고 있다

사람을 반려로 삼을 수 없는 사람들과
사람을 반려 삼고도 외로운 사람들은
동물을 반려 삼아 허리 옆에 끼고 살고
동물조차 반려로 삼을 수 없는 이들은
화분을 끼고 식물을 반려로 삼아

작은 창문을 통해 드나드는
인색한 햇볕 한 주먹 바람 몇 모금
참새 노랫소리 한 소절씩 들으며
하루하루씩 인생을 당겨서 산다
마음은 마음을 반려로 삼을 수 없다

죽음

세상에서 직접 알 수 없는 단 한 가지

누구나 경험하되 아무도 설명할 수 없고
설명할 수 없어 기록할 수 없고
기록될 수 없어 그 얼굴을 알 수 없다

때가 되면 누구나 이 강을 건너지만
강을 되돌아 건너온 자가 없어
강 건너 세계를 알릴 수 없고

함께 건널 수 없는 사람들만
강가에 앉아 떠난 사람을 애도할 뿐이다

제 이름을 모른 채 피는 꽃들이 어느 날
환호와 비탄에도 유감없이 떨어지듯

죽음은 떠난 자가 아니라 산 자의 것이어서
말할 수 있는 주체가 없고

함께할 수 없어 다만 단절의 슬픔을 남긴다
과학이 될 수 없는 세상의 단 한 가지 죽음

새는 어떻게 죽는가

새는 어디서 어떻게 죽는가
개별로 죽는가 집단으로 죽는가
새 종족의 죽음은 어떻게 기념되는가
모천母川으로 회귀하여 새끼를 낳고
한꺼번에 다 함께 떼죽음으로
종족의 삶을 마감하는 연어와는 달리
새의 자연사는 눈으로 확인할 수 없다
무수한 새들의 죽음 장소는 어디인가
수 만리 창공인가 높은 산 숲속인가 바다인가
사람들의 무수한 죽음을 맞고 보내면서도
새에 대하여 왜 한 번도 생각을 안 했을까
세상의 문제를 다 아는 것처럼 떠들면서
가까운 것들에 대하여는 아는 바가 별로 없다
아, 앎의 불임성不姙性이여!
그럼에도 지식인 연하는 뻔뻔함이여!
새들은 오늘도 어디서 어떻게 죽어가는가

새의 죽음을 묻고 그 답을 찾기 위하여

자전거를 끌고 나선 늙은 김훈에게 부끄럽다

* 김훈 에세이 '11월'(『라면을 끓이며』)을 읽고.

반송

편지가 되돌아왔다

부치기까지 쉽지 않았다

시간의 굵은 강을 따라 오랫동안

팍팍한 길을 달리 걸었다

머리가 하얘지면

한때 불이었던 마음이 잦아들고

시간이 지나면 격한 물길도

잔잔한 물결이 될 줄 알았다

수십 년의 깊은 침묵이 지나고

이름을 다시 들었을 때

화석이 된 감정의 세밀화에서

한 잎 한 잎 이파리가 피어나고

꽃잎의 숨소리가 다시 일었으나

새로 깨어난 꽃잎도

붉은 명자꽃 허황된 희망도 전하지 못했다

뒤돌아보아야 공허뿐 닿을 수 없는 거리

고단한 삶도 함께 반송反送되었다

딸의 계보

강보襁褓에 쌓인 딸을 안고
민선생의 전통혼례식에 왔었는데
삼십 년이 훌쩍 지나 딸과 딸의 딸과 함께
다시 온양 민속박물관에 왔다
하늘과 햇살은 여전하고
정원의 풀들은 가벼운 풀씨를 받아
무거운 생명을 이어가고 있는데
세월을 뛰어넘어
어린 생명은 저렇게 초록 치마를 입고
팔랑팔랑 마당을 뛰고 있다

나라와 민족의 온전한 하나 됨을 위하여
이름을 하나라고 지었지만
이름을 받은 딸도 이름을 지어준 어미 아비도
오로지 그렇게 살지 못하고
겨우 제 가족을 위해 목을 걸고 살았으나

너는 햇살처럼 기쁘게 살아라
딸의 딸에게 기쁨의 햇살
이현怡睍이라는 이름을 주었다
햇살은 스스로 드러나 빛나고
빛나서 초록 생명의 숨길이 되나니
너는 밝은 햇살로 살거라
무엇보다도 스스로 기쁘게 살거라

실개천이 흘러 내를 이루고
작은 내 큰 내 모여 강을 이뤄 바다에 닿듯
생명도 이렇게 그렇게 대를 이어가리니
물가의 꽃과 나무는 햇빛으로 살고
사람은 불가불 뜻으로 사는 법인데
항상 뜻에 닿지 못해 삶이 애달프더라도
박물관에 가둘 수 없는 삶의 흔적은
숨이 되고 도구가 되고 노래가 되어

민속의 장강長江을 이루리라

햇볕은 따뜻하고溫陽 물은 뜨거운溫泉
이 마을에 모이고 보존된 민속의 향기가
선대에서 후대로 이어지듯
나고 먹고 믿고 늙는 과정을 거치면서
빛나거나 또는 행여 빛나지 않더라도
수고하고 마음 쓰는 사람들의 삶 또한
딸에서 딸들로 영원히 계속되리라

분수

물은 위에서 아래로 흐르고
땅을 흐르면서 다투지 않으며
졸졸졸 솟아 생명을 목축이는 법인데

때로는 어디선가
하늘을 향해 거꾸로
솟구쳐야 하는 물이 있다

솟구쳐 높이로 박수 받거나
뜨거운 대기를 식히거나
무미한 도시의 중심을 장식하거나

인위에 갇힌 부자유의 상선上善이여!
인간의 인간에 의한 인간을 위한
고단한 자연의 역류逆流여!

오이처럼 우리도

때로 버무린 소박이가 되고
가끔 무침이나 냉국이 되어
더운 밥상에 올라
여름날 청량淸凉의 한 첩이 되지만
우리 집에서는 더 자주
얼굴에 붙여 열기를 식히거나
트러블을 진정시켜
마사지 팩으로 쓰이는 오이처럼
우리도 가끔씩 태도를 바꿔
곧은 것은 곧은 것대로
굽은 것은 굽은 것대로
서로 속을 시원하게 하거나
함께 남의 말을 들어 주거나
서로 가려움을 긁어 주었으면

인생

멀쩡한 사람은 없다
멋진 슈트를 입고 근엄한 표정으로
중후한 책상에 앉아 있거나
청년처럼 활기차게 거리를 걸어도
날마다 가슴 한 켠은 한 뼘씩 무너져
부서진 영혼을 끌어안고 산다

교회나 절에 가보면 안다
엎드려 절하고 소리쳐 울고 빌어도
떨치지 못하는 죄와 욕심으로
일어나지 못하는 사람들이 있다
말 못할 상처나 열등감을 감추고
우아한 표정으로 웃는 사람들이 있다

목까지 치미는 그리움 또는 막막한 슬픔을
나이 들어도 어쩌지 못하는 사람들

부러지거나 깨지거나 속병이 있거나
더 깊이 은밀한 마음의 우울로
끙끙대는 사람들이 얼마나 많은지
큰 병원에 가보지 않아도 안다

눈은 높은 산 봉우리를 보고 걷는데
걸음은 자꾸 낮은 시내에 빠지고
봄꽃인가 해서 잠깐 나갔다가
이미 한겨울 안에 갇힌 사람들
보이지 않아도 사람들은
치명적인 비밀 하나씩 숨기고 산다

어쩌랴! 우리가 모두 이런 사람들인 것을
꽃이 곧 시들어도 아름다운 것은
마음으로 꽃을 보기 때문이니
가을이면 꽃등 하나 켜서 동네를 밝히고

하늘에 보름달 걸어 어둠의 한쪽을 밀어
눈물 나게 오늘을 사는 것이 우리들인 것을

자기소개서

나이 육십이 넘어서 자소서를 내고
경영계획을 심사하는 청중의 눈빛을 보며
나의 당락當落이 아니라
날마다 자소서를 쓰는 딸들을 생각했다
오늘도 수백 수천 번째 자소서를 들고
여기저기 면접으로 분주하게 떠도는
청년 노마드의 피로와 절망을 생각했다

살기 위해 나를 팔기 위해 자소서를 쓰는 일
자소서를 내고 이 회사 저 회사 기웃거리며
적극적으로 나를 프레젠테이션하는 일
경력이 쌓이면 더 중후해진 자소서를 들고
노동시장의 장대한 파도에 몸을 맡기는 일
우리네 산다는 것은 결국 이런 일인가

참꽃 피고 또다시 갈꽃이 져도

나를 포장하는 방법에 치열한 이들은
언제쯤 사막을 벗어나 사람의 마을에 정착해
본디 모습으로 어여삐 살아갈 것인가
유목민은 성城을 허물고 길을 내지만
정주定住의 꿈을 꾸는 청년들
뻗어갈 길과 그들의 집은 정녕 어디인가

스타벅스

우리는 커피를 팔지 않습니다
당신의 독특한 취향을 나눕니다
금방이라도 부서질 것 같은 마음의
무너질 듯한 사람들이 하나씩 둘씩
시선에 아랑곳없이 편히 앉아
잠깐의 휴식을 취하는 동안
당신도 괜찮은 사람이오 위로를 팝니다

커피 또는 우아한 차 한 잔 들고
단단하고 강하게 혼자이고 싶지만
결코 혼자일 수 없는 사람들에게
여기 당신처럼 혼자인 사람 많아요
안심의 동일시 그윽한 평안을 팝니다

이제는 정말 사람을 만나고 싶지 않아
홀로 앉아 분리를 즐기고 싶지만

서로 만나지 않고는 살 수 없는 사람들이
소속과 유대의 끈을 놓을 수 없어
끊임없이 인증샷으로 빈속을 달래고
나 홀로 나이고 싶은데
결코 나 혼자일 수 없는 사람들

외로운 사람들이 대중으로 모이고 섞여
커피의 평안과 위로의 교회가 되었습니다

어떤 일상

아침 공원에 나가서
벤치에 조용히 앉아 있는 일
벤치에 앉아 따가운 햇볕을 쬐며
총총거리는 참새를 바라보거나
혼자 누워 쉬운 책을 읽는 일

이마에 떨어지는 미끈한 햇살
광선의 찬란燦爛을 확인하는 일
나뭇잎에 살랑거리는 바람의
속살을 흠흠 느껴보는 일
소곤소곤대는 밤바람의
도발적인 뒷담화를 엿듣는 일

갱도 막다른 골목을 막장이라 한다면
걸어 나갈 수 없는 삶의 막장 병상에서
시한부 한 구간의 어둡고 막막한 시간에

한 발짝씩 다가오는 마침표를 응시하며
지극히 사소한 소일거리 목록에 담는
사무치는 간절함이여

보고 싶다

마른
나무에 기대어
짧은 문자 한 줄
보고 싶다
폐암으로 누운 당신께
다가갈 수 없는 거리^{距離}
쓸데없이 새는 울고
답은 없다
견디는 눈꺼풀
덧없는 시간의 무게

자경문 自警文

잘 하고 있어요
우리 모두 좋아해요
쉴 새 없이 글과 사진을 올리고
좋아요 싫어요에
사람들은 더 깊이 외로워진다
모두에게 쌍수로 환영받거나
영혼까지 거부되는 일이 어디 있는가
뒤통수 뒤끝 손가락질에 마음 쓰지 말라
따스한 사람이 곁에 있어도
땅거미 지는 저녁나절 막막함처럼
지지도 배척도 이별도 예정된 것이니
굳이 좋은 사람이 되지 말라
홀로 꼿꼿이 남의 시선에서 풀려나
떠드는 소리가 참말인가
지금 가는 길이 너의 길인가
네 안의 깊은 속 고요의 울림에

귀가 아니라 무릎을 꿇고

번다한 광장을 떠나 침묵에 거하라

꿈 깨다

화려한 벚꽃 수풀 사이로
반가운 누군가 나타났다 사라지고

오랫동안 바라던 일이 갑자기 풀려
간만에 큰 소리로 웃었습니다

금강산인지 지리산 피아골인지
붉은 단풍 절정의 바위 꼭대기에 앉아

한 세상 다 가진 듯 기뻐하고 있는데
잠이 확 깨어 보니 헛꿈이었습니다

세상을 다 가진 듯 두 주먹 불끈 쥐고
목청껏 하늘을 흔들었으나

물살이 그러하듯 행복도 한순간에
손가락 사이로 빠져나가고 말았습니다

치통

아침 햇살이 창문에서
걷힌 후에 생활을 염려하고
어둠 속에서야 돋는 치통齒痛으로
우리의 사랑을 확인할 일이다
어지러운 소식 바람 되어 머물다
슬픔으로 고인 자리
잠깐 비껴 나는 구름 사이로
사리돈 몇 알로는 갚지 못하는
아픈 사랑의 죗값을 나누기 위하여
이승의 피도 새하얗다는
정토淨土의 이차돈도
예전에 예전에 치통을 알았을까
외우며 돌아오는 길목에서
오늘은 혼자 사는 법을 깨달아야겠다

안부
- 정영상에게

떨어진 꽃잎보다 한 층
넓은 낙화落花 소리 속에서
우리의 아픔은
소리의 내부만큼은 아프지 않다
깨달으면서 사는 형,
요즘은 문틈으로
얼비치는 빛 속에서
지내고 있습니다

추석

서울역
바쁜 귀성객의 발자국 아래
고향 하늘은 숨어
숨을 쉬고 있다

마을을 떠나
열병을 앓다
깨진 소문의 유리창에
턱을 괴고 있는 우리네 일상

저만큼 보름달처럼
둘러앉은 큰 집의 마루
제기祭器 위에서
고향은
대춧빛으로 달아오르고 있었다

구차한 밥

결국은 밥 한 끼를 위해
일도 애써 하는 것이어서
사는 것이 밥의 문제겠다마는
차린 밥상에
수저 하나 들고 덤비는 것이
참 뻔뻔할 때가 있다
늙은 어미의 밥상에 앉은
나이 든 자식의
몰염치가 그렇고
늙어 먹는 소박한 밥 한 끼가
나이 들어서도
물러날 줄 모르는 탐욕으로
젊은이 밥그릇을
가로챈 건 아닐까 하여
뜨거운 밥을
목구멍에 들이미는 것이

구차한 날이 있는 것이다
때로 밥 앞에 앉아 있는 것이
법 앞에 서는 것처럼 참으로
사는 것이 비루한 날이 있다

중앙식당

이 정도면 적당하다고
술국에 부드러운 소주 한 잔
카 소리는 뱉지 않더라도
삶의 모퉁이 구겨진 속 얘기 풀어내기에
순대 한 접시 소주 한 병이면 충분하다고
떠들썩하게 둘러앉은 시장통 순대국집
술잔은 돌고 돌아
밤늦도록 퍼내도 이야기는 줄지 않고
쓰디쓴 술 한 잔에
마음을 어쩌지 못하는 사람들은
언제나 소주 각 일병 약속을 지키지 못한다
부드럽게 목을 타고 넘는 술맛과는 달리
일은 일대로 사람은 사람대로 서로 꼬여
제 맘대로 삶을 부리지 못하는 사람들은
오늘도 술을 다스리지 못하고
삶에 허기진 사람들의 말은

뜻이 되지 못하거나
가끔씩 중앙선을 넘어 비틀거린다

낚시 유훈

매일 백마강에 나가 낚시를 했다
자주 반찬이 되었으나
더러는 빈손이었고
돈이나 끼니가 되지는 않았다
오랜 기다림의 어떤 노동은
고되어도 밥이 되지 못한다는 걸
어릴 때 아버지의 낚시가 가르쳐 주었다

서해는 하루에 두 번씩 큰 숨을 불어
강을 부풀게 했고 몸을 불릴 때마다
가끔씩 귀한 웅어도 올라왔으나
잡히는 것은 주로 치리였다
끄리라고도 불리는 치리는 붕어보다
길고 가늘고 날렵해 예쁜 몸매를 가졌으나
아버지의 길은 그리 날렵하지 못했다

비단 낚을 것이 물고기뿐이었으랴
던질 때마다 매번 건지는 것도 아니고
일이 굽어도 속절없이 견디는 시절이 있고
사람이 어쩔 수 없는 시간이 있다는 것을
노을 번지는 기수역 공릉천 갈대밭에서
불행한 물고기에게 낚시를 던지며 알았다

고단한 날 감기는 눈꺼풀 어찌할 수 없듯
시간을 이기는 건 세상에 아무도 없으며
세상에는 돈으로 겨눌 수 없는
무상한 노동이 있다는 것을
아버지만큼 눈이 어두워지고 나서야 알았다

나무에 꽃이 없다 해도
- 질병으로 퇴직한 이선생에게

(아이들이 논다
감자에 싹이 나서 잎사귀에 감자 가위바위보 하나 빼기)

싹이 났다고 다 꽃이 피는 건 아니더라
간신히 줄기를 세우고 꽃을 만발滿發해도
모두 열매를 맺는 건 더욱 아니더라
꽃 핀 자리에 햇살 같은 탄성歎聲이 터지지만
예쁜 꽃이 없다고 꽃나무가 아니랴
하루아침 비바람에 애써 키운 꽃을 다 잃고
허망하게 서 있는 저 나무는 그러면 무엇이랴
죽은 꽃을 기리는 노래는 없어도 모든 꽃들에게
그대의 한 생애 고결했다 말해야 한다
꽃도 나무도 사람도
마지막에서가 아니라 순간마다 완성되는 법
잎은 잎대로 꽃은 꽃대로
연두와 초록과 단풍은 또 그 빛깔대로

각각 충만하고 온전하게 살아 낸 것이니
농염한 꽃이 풍상風霜에 졌다고 슬퍼하지 마라
모든 것이
한순간 힘껏 피었다 사라지는 현기眩氣이니라

(동요가 아니라 살아 보니 알겠더라
감자에 다 싹이 나는 것도 아니고
잎사귀 무성하다고 밑이 잘 드는 것도 아니더라
가위바위보에서 모두 지거나 모두 이기는 이는 아무도
없더라)

제3부

세상은 까불며 떠들다 한없이 태평하고

맨발로 운동장을 걸으며

맨발로 학교 운동장을 걷습니다
운동을 한답시고 시작한 일인데
유리 조각이나 사금파리는 없는지
마사토는 제대로 깔려 있는지 살펴봅니다
아이들 운동에 빗물에 모래는 쏠리고
눈에 보이지 않는 작은 돌멩이들이
일제히 일어나 발바닥을 찌릅니다
보이지는 않아도 존재하는 것들이
여기저기 모여 세상을 이룬다는 걸
작은 것들이 발밑에서 소리쳐 가르칩니다
아이들과 함께 있을 때
선생은 가장 빛난다지만
아이들이 가장 빛날 순간을 위해서
선생은 혼자서 빈 운동장을 점검합니다.
운동장 모퉁이를 돌 때마다
아이들이 놀다 두고 간

환호성과 주저앉은 꿈과 분노를 줍고
저미는 가슴으로 돌아옵니다
신발을 벗고 양말을 벗고
마침내 나를 벗어 놓고
맨발로 운동장을 돌면서
마당에 뿌려진 작은 씨앗들이 뿌리를 내려
넉넉한 그늘 큰 나무로 자랄 수 있도록
창창한 아이들의 앞날을 빌어 봅니다

신발이 기다리다

아이들이 모두 떠난 운동장 한쪽
멋대로 자라 마음대로 핀
어지러운 구절초 꽃밭 아래
운동화 몇 켤레 남아
쓸쓸히 학교를 지키고 있다
한가한 하늘 구경도 잠시뿐
남겨진 운동화 또한 구절초 모양
제멋대로 제 맘대로
달리고 달리다 닳고 닳아
산드란 하늘로 날아가고 싶은데
제 뜻대로는 아무 데도 갈 수 없는
남겨진 운동화는
놀다 정신없이 학원에 달려간
아이들이 돌아올 때까지
정신을 놓지 않고 기다리고 있다
신발도 아이들과 함께 집에 돌아가
달콤한 잠에 빠지고 싶은 것이다

왜

커서 뭐가 될래
어렸을 때 어른들은 물었습니다
우람한 체격의 제무시(GMC) 트럭을
장난감 다루듯 모는 운전수가 되고 싶었지만
높은 지위를 말해야 칭찬을 들었습니다
젊은 날에 선생님들도
뭐 하고 살거야 물었습니다
생산성은 없지만 시인이 되고 싶었는데
실용적인 일을 말해야 인정을 받았습니다
그래, 어떻게 그걸 하지 되물었습니다
교과서 파고 열심히 외우며
고전 따위는 읽지 않고 생각은 미루는 것이
공부하는 것인 줄 알았습니다
우리는 본래 갈 바를 알지 못했고
계시도 안내도 신념도 자신감도 없이
세상의 길로 떠났습니다

대부분은 되고 싶은 것 다 되지 못하고
머리가 허연 채 지금 이 자리에 섰습니다
나이 들어 갈 길을 조금 남기고 묻습니다
왜 이 길로 왔지 나는 왜 선생이 되었을까
무엇이 되었는데 왜 되었는지
자신있게 답을 할 수 없습니다
무엇을 어떻게 어디로가 아니라
왜라는 질문을 나에게 스스로 하면서
아이들에게 묻습니다
왜 그걸 하고 싶니
그래서 무얼하려고 하는데
그러면 누구에게 무슨 의미가 있지
우왕좌왕 살아온 내가
왜 왜
스스로에게 물으면서 살도록
이제서야 아이들에게 묻습니다

다시 꿈꾸는 학교

학교는 무너졌다
더 이상 아이들은 공부하지 않고
선생들은 가르칠 용기를 잃었다
저급한 경쟁 욕망으로 들끓었으나
성취는 안에서 실현되지 못했다
학습과 놀이는 밖으로 보낸 채
학교는 메이저와 마이너 리그로 나뉘고
마이너 학교는 먹이고 시간 때우는
돌봄과 보호 일을 도맡으면서
세계 어디에서도 유래 없는
학교폭력의 몸살을 위력적으로 앓고 있다
이제 아무도 서로 위로하고 위로받지 못한다

무너진 것은 무너진 곳에서 다시 시작해야 한다
이방을 유리遊離하던 민족이 고토에 돌아와
조상의 혼으로 성을 재건하듯

물질이나 방법, 기교가 아니라
무너진 인류의 정신을 다시 세워야 한다
명리名利와 지위경쟁의 전장戰場이 아니라
존엄과 민주의 혼을 바로 심어야 한다
콜라보도, 수업혁신도 중요하지만
공부도 놀이도 그것이 왜 필요한지
삶의 목적의 초석 위에서 재건되어야 한다

짠물과 민물의 자유로운 섞임처럼
학교와 삶이 울타리를 없애 삼투滲透하고
배움을 가두는 시간표는 걷어내야 한다
창의적 공간이나 방법의 혁신도 좋지만
발목과 주눅과 눈치의 관행을 바꾸어
오직 교사의 실험정신이 교육이 되어야 한다

아이들 놀고 떠드는 소리로 교실이 흔들리고

교육청이나 제도는
새의 머리처럼 단순하고 가벼워야 한다
혁신학교든 행복학교든 이름과 관계없이
학교는 부모의 욕망이나 보험 대신
아이들의 본성과 미래가 깃발이 되어
하늘처럼 꿈틀거리고 휘날려야 한다

선생이 선생에게

아이들은 더 이상 선생의 말을 듣지 않았다
자유와 평등, 휴머니즘이나 사회변화는
이제는 배움의 주제가 되지 못했다
교육이 아닌 선발기능이 학교를 지배하면서
선발 기차에 사뿐히 탑승한 아이들이나
배제의 판을 읽지 못해 우왕좌왕하는 아이들
모두 다른 이유로 수업을 듣지 않았다

풍요만이 삶의 전부는 아니며
진리와 정의를 추구하는 것이 교육이라는
선생들의 교육관은 아름다웠지만
현실은 끝내 이를 용납하지 못했고
학생도 선생도 평화를 얻지 못한 채
때를 알고 이제 떠나는 것이 추하지 않다고
자조하면서 필생의 직을 버렸다

떠나는 길에 어찌 회한 한 조각이 없으며
남은 자에게 부탁 한 자락이 없겠는가
꽃을 피우는 것은 결국 봄의 그리움이니
그대의 간절함이 교육을 구하리라
좌절하지 말라 이 땅의 교사여
우리에게 언제 절망이 없었던 적이 있었던가
눈보라 비바람 막막함 속에서도
그대의 헌신으로 난국의 교육은 풀어지리라

높지 않아도 산은 생명을 품어 세계가 되듯
바랄 수 없는 것들에 대한 바람과
다가갈 수 없는 큰 뜻으로
교실의 일상에서 산 넘어 빛을 찾으라
작은 언덕 하나 넘으면 하나의 세계가 보이고
힘들여 큰 산을 넘으면 파노라마가 열리리니
시험 따위로 아이들의 청춘을 낭비하게 말라

연륜이 저절로 경지를 높이거나
망설임으로 교육이 나아지는 것이 아니다
나서지 않고는 길을 찾을 수 없고
행동하지 않으면 변화를 이룰 수 없으며
세상은 저절로 환해지지 않는 법이니
숨이 끊어지는 고통과 울음을 삼키고
강고한 현실의 벽을 넘어
마침내 교육의 정상을 회복하라

비나리

비나이다 천지신명께 비나이다 이 새벽 정화수 떠받쳐 비옵나니 뭇 생명 각자 소원 성취하기 비나이다 생명존속 무병장수 부귀영화 태평성대를 비나이다 이것들 다 성취하고도 원래 마음 변치 않길 비나이다(정성이 부족하여 시루떡이 설었구나) 비나이다 비나이다 오늘 하루도 심신 안정하길 비나이다 세상사 마음에서 나고 지는 것이니 매 순간 제 마음 놓치지 않길 비나이다(정성이 부족하여 시루떡이 설었구나) 비나이다 비나이다 전쟁 소문 무성하니 이 땅에 평화를 주옵소서 신을 섬기는 자 평화를 원하고 신을 부리는 자 전쟁을 지휘하니 사람들 속지 말고 이 자들을 분별하게 하옵소서(정성이 부족하여 시루떡이 설었구나) 비나이다 비나이다 벌 받을 자 벌을 주고 이 땅에 평화를 주옵소서 억울한 자 없게 하고 억울한 자 억울함을 풀어 주옵소서 비나이다 비나이다 (정성이 부족하여 시루떡이 설었구나) 우순풍조 시화연풍 때를 잘 만나 만백성 배불리 먹게 하옵소서(정성이 부족하여 시루떡이 설었구나)

비나이다 비나이다 간절함이 세상을 구원하리라 매사 정
성을 다하면 하늘도 축원할 터 오늘도 좋은 날 되게 하옵
소서 비나이다 비나이다 천지신명께 비나이다

말

세상의 말들이 참으로 독하다
삿대질하며 쏟아낸 말들이
칼이 되어 상대를 베고
하룻밤이 새기 전에
돌아와 제 목을 치고 있다

따뜻한 목소리에 빛나는 말이
마음과 마음을 연결하는 길이 되고
다친 마음을 보듬는 온기가 되거나
회복하여 돌아온 사람들의 상처에 핀
환한 꽃이 되었으면 좋을 텐데

무거워야 할 때 말은 한없이 가볍고
명랑해야 할 때 말은 엉뚱하게 침울해
마음은 날카로운 칼 앞에서 미리 몸져눕고
독한 말은 베고 베이고도 죽지 않아

말에 찔린 상처들은 속병을 얻는다

말에 베인 상처들로 세상은 차고 넘쳐
위로하는 말의 기관들은 늘어가지만
말은 말의 상처를 치료하지 못하고
세상의 말들은 점점 더 모질어 간다

잘하는 말은 번듯한 수사修辭가 아니라
마음을 어루만져 읽어주는 말이고
아름다운 말은 유창함이 아니라
말의 목줄을 단단히 잡고
더듬거려도 심중의 상처를 감싸는 말이다

성전^{聖戰}은 없다

두려워 말라
사랑하는 너희 신께서 지켜주실 것이다
악의 전파를 막기 위해 참호를 깊이 파고
신을 위해 총을 드는 일은 거룩한 일이니
악의 공격을 막고 새 하늘 새 땅을 위해
너희는 쉼 없이 새로운 무기를 들라

평화는 오직 힘에 의해서만 지켜지고
전쟁은 평화를 위해 존재하느니라
너희 민족의 안전은 핵무기 안에 있다
핵을 의심하는 자는 악의 편이고
비판하는 자는 겁쟁이에 불과하다

신을 부리는 자들이
거룩한 전쟁을 만들고 젊은 피를 부른다
두려워 말라 신이 우리와 함께 하신다
세상은 온통 전쟁의 소문이고

독전譬戰의 노래 큰 소리로 세상을 울린다

전쟁은 스포츠 게임처럼 중계되고
게임은 죽고 죽이기의 훈련장이 되었다
유전 파괴로 기름 범벅이 된 가마우지는 죄가 없다
누군가의 아들딸들 숨 가쁜 죽음과 고통은
냉정한 통계 수치로 표기될 뿐 슬픔도 애도도 없다

속지 마라 성전聖戰은 없다
전쟁은 거대한 악의 뿌리 십자군도 지하드도 없다
이 민족의 신과 저 민족의 신은 전쟁을 원치 않는다
전쟁을 부추기는 건 신이 아니라
거룩한 얼굴을 하고 신을 부리고자 하는 자들이다

나의 신이 너의 신에게 말을 건다
신들의 속삭임을 들으라

네 속을 들여다보아라
네 속의 두려움을 두려워하지 마라
네 속의 두려움을 부추기는 자들을 경계하라

신을 섬기는 자들이여
너희 신의 우는 소리를 들어라
나의 신이 너의 신에게 말하는 소리를 들어라
세상은 우리의 마음 밭에서 시작되고
오직 우리의 선택에 달린 것이니

네 속의 잠잠한 소리에 귀를 기울이고
두려움을 두려워하지 마라
속이기를 즐기는 자들에게 넘어가지 말고
두려움을 부추기는 소리에 속지 마라
오직 네 마음속에서 울리는 평화의 소리를 들어라

광주

지도 위에 모자를 걸면서
그가 웃었다
심해선 밖의 파도들이
발바닥 아래 우르르 굴러와
키득키득 함께
웃어 주었다
그러다 썰물이 되어
모자 밑에 하얗게 죽어 있는 눈물
자리를 지킨 자와
못 지킨 자의
차이
1980년 광주

고시원

혼자서 먹고 혼자서 자고
혼자서 섹스하다
불나면 혼자 타 죽는
잠은 자지만 꿈이 들지 않는 방
내일을 꿈꾸는 고시考試와는
전혀 관계없이 오늘을 버티는
온기 없는 반어법의 집
몇 푼 아끼자고가 아니라
악착같이 몇 푼이라도
덜 써야 사는 사람들의
인생이라는 고시를 치르는
세 평짜리
하늘이 없는 사람들의
이상한 이름의 집

이상기후 2018

인도네시아 팔루는 강진과 쓰나미가 덮쳐
액상화된 땅이 통째로 마을을 삼켜
마을이 거대한 지하 공동묘지가 되었다

이탈리아 베네치아는
오십 년 만의 강풍과 물 폭탄으로
수상 도시가 수장 도시가 되었고

캘리포니아는 산타아나 계절풍이 바람을 키워
사람을 칠십 명씩이나 태우고도
비 한 방울을 뿌리지 않았다

사막 한가운데 쿠웨이트에서는
갑자기 큰 비가 내려
물에 서툰 낙타 떼를 크게 놀라게 했고

대한민국 법정에는 새까만 흙바람이 불었다
공평해야 할 저울은 기울었고
권력의 편에 서서 심판자들은
억장이 무너지는 억울한 사람들을 늘리고 있다

서울은 먼지에 갇히고

더 이상 대기는 측정하지 말라
첨단 서울은 한낱 먼지에 갇혔고
강산은 희부연 양수羊水에 둘렸다
이 땅에 이제 숨의 평온은 없다

더는 상생의 태도에 기대지 말라
마을에서 산으로 드는 오솔길은 막혔고
가슴에서 발바닥으로 흐르는 온기는
이윤의 아스팔트 길을 따라 사라졌다

남극의 빙붕氷棚은 녹아 흐르고
몽블랑 산정에는 새 빙하 호수가 생겼다
기압골에 정지된 바람에 숨이 막혀도
사뭇 태연하고 각자도생에 바쁘니

바람아 불어라 크게 불어

산천을 덮는 미세먼지를 훑어라
살과 코와 허파꽈리까지 붙어 있는
미세먼지와 뿌리 깊은 탐욕을 훑어내라

자본의 뻔뻔한 포장의 언술에 속지 말라
탐심과 초미세먼지가 지배하는 일상에서
마스크를 벗고 우리가 오로지 할 일은
깨치는 작은 마음을 모으는 것이니

따로 또 같이 심중에 하나씩
떡잎 같은 자그마한 등불을 들고
손잡고 함께 행동을 시작하면
작고 진실한 각성이 세계를 이끌어 가리라

부끄럽지 않으세요
– 그레타 툰베리의 연설

세계 최고 지도자 여러분
여러분은 허망한 말로 젊은이의 꿈과
아름다운 시절을 빼앗고 있어요

사람들은 고통받고 있어요
다 죽어가고 있다고요
생태계가 파괴되고 있습니다

(얘야, 세상은 그렇게 단순하지 않단다
현대 세계는 복잡하게 얽혀 있단 말이야. 푸틴)

아마존은 꺼지지 않는 불구덩이 지옥이 되어 가고
도쿄는 연일 태풍이 불고 비가 내리고
집이 무너져 내린다

그런데도 당신들은 돈만 세고 있고

나라 경제는 지속적으로 발전할 것처럼
망상의 신화 속에 갇혀 살고 있어요

(이 아이는 밝고 멋진 미래를 바라보는
정말 운 좋은 소녀 같아 정말 기쁘다. 트럼프)

아직은 행복하시다고요?
여러분, 부끄럽지 않으세요?

한 뼘 농사

한 뼘 땅도 놀릴 수 없어
제 땅도 아닌 언덕 아래 길가 모퉁이나
철도 부지 기찻길 아래 좁은 땅에
푸성귀 몇 뿌리씩 심어 먹는다
죽으면 썩을 몸인데 몸을 놀릴 수 있나
곡식 심을 좁은 땅을 찾아
이곳저곳 돌아다니며
억척을 부린다고 얼마나 걷겠냐마는
노동이 천형처럼 몸에 밴 사람들은
욕심도 욕심이지만 남 농사를 믿지 못해서
땅과 몸을 놀리는 것이 죄라는 생각에서
밭 같지도 않은 곳에 밭을 일구어
각인된 몸 달력을 따라 농사를 짓는다
먹고 사는 일에서 놓여날 수 없고
몸의 노동 관습에서 해방되지 못한
농촌의 유민流民들이 흘러와
아스팔트 도시에서 농사를 짓고 있다

너희는 살아라
- 서부발전 비정규직 사망노동자 김용균 어머니 김미숙의 노래

취직이 되어 출근한다고
새 구두 새 양복을 입고
거울 앞을 빙그르 한 바퀴 돌면서
춤추며 좋아하던
어리고 귀여운 모습이 눈에 선한데
겨우 스물세 살의 내 아들이 죽다니
발전소 석탄 가루 자욱한 먼지 속에서
보이지 않는 벨트에 끼어 죽었다니
죽어서도 날이 밝기까지 아무도 몰랐다니
언제나 선량한 미소로 화장하는 자본이여
내 아들을 살려내라

너희라도 살아라 야만의 정글 덤불을 걷어내고
너희라도 살아라
내 아들을 살려내라 외치고 싶으나
저렇게 광이 살아 빛나는 아들의 구두가

주인을 잃은 채 벗겨져 있으니
너희라도 살아라
우리의 한스러운 절규 피 터지는 목소리
여론의 파도가 되고 정치의 물결이 되고
정책의 투쟁 고갱이가 되어 너희는 살아라

돈 있는 자들이여 힘 있는 자들이여
위험과 죽음의 돈 잔치판을 치우라
자본과 권력은 항상 거룩한 모습으로
자선의 얼굴을 하고 나타나지만
위험은 다 비정규직에게 맡기고
호주머니에 들어오는 돈다발만 세고 있는가

위선의 가면을 벗고 내 아들을 살려내라
아름다운 세상에서 꽃 한 번 피우지 못하고
내 아들은 죽었으나 너희는 살아라

너희는 살아서
내 아들 같은 사람이 다시는 없게
사람답게 사는 세상을 만들어다오
너희는 살아라
증식과 축적 파렴치의 악순환의 사슬을 끊고
시퍼렇게 광나는 구두에 단정한 가르마
날선 주름의 멋진 양복을 입고
뜻 맞는 동지와 여자 남자 친구들과 함께
너희는 기필코 살아 남아라

다시 사월은 오고

우리가 이렇게
이렇게 무심히 살아도 좋은가
힘든 길 서로 기대 함께하자
떨면서 손잡았는데
소식도 없이 세월은 속절없이 가고
다시 사월에 샛노랗게 개나리꽃은 피었는데
아무 일 없다는 듯이 살아도 괜찮은가

우리가 이렇게
이렇게 무정하게 살아도 괜찮은가
날마다 아침마다 목련이 필 때까지
벙그라지는 꽃을 함께 바라보며
흰 꽃에 취해 비틀대던 시간은 어이하고
꽃 이파리 바람에 날려 길에 밟혀도
아무렇지 않다는 듯 살아도 괜찮은 것인가

이렇게 해도 당신은 살아지는가
세상은 까불며 떠들다 한없이 태평하고
올해도 목련은 또 속없이 다시 피어
새하얀 꽃이 피면 아직도
가슴은 시퍼렇게 멍들어 오는데
꽃잎 한 장 답장으로 돌아오지 않고
이렇게 아무렇지 않게 잘 살아도 되는 것인가

5월의 증언

나 말은 두서가 없응께 용서허씨요
말을 잘할 만큼 배우지도 못 혔고
이런 엄청난 일을 겪음시롱도
그날그날 적어 놀 생각도 못혀서
기억하는 말들이 뒤죽박죽잉께
더구나 백주 대낮에 이런 말들을 할 날이
올 줄 내가 어치코 알았겄어요

5·18 때 우리 아들놈이 밤에 안 들어와서
다음 날 도청에 가봤어라
창근이가 죽었는데 나 혼자
집에 갈 수는 없어라 하는디
친구 땜시 못 간다는 말이 틀린 말도 아녀서
그냥 돌아왔는디 다음 날 도청에 가보니
아이가 보이질 않더랑께요
가슴이 무너지고 참으로 기막히오

암데를 돌아 댕겨도 아들을 찾을 수 없는디
재학이 비슷한 아가 망월동에 묻혔다는데
누가 가볼라요 해서 가봤지요.
죽기 살기로 싸워서 묘를 겨우 파 봤는디
우리 아들 재학이가 맞드랑께요
관도 수의도 없이 비닐에 싸여
목 따로 몸 따로 기가 탁 맥혀요
지금 생각해도 제일 가슴 아픈 것이 그거시요
이 좋은 세상 한 번 제대로 살아보도 못허고
비닐 수의가 뭐시당가요

5·18 당시도 힘들었지만
그 이후가 더 살기 힘들었지라
진상규명하라고 쫓아다닐라고 해도
전경 애들이 집을 지키고 있지
형사 놈들이 집 안에 죽치고 앉아 있지

높은 사람들이 광주에 오면
아예 차에 실어부러 다른 지역에 델꼬 가서
하루 쥉일 강제 소풍시키고 그랬지라

자식 잃은 부모에게 더 기막힌 게 있었어라
언젠가 교황인가 머신가 한국을 방문 안혔소
오면 교황이 망월동을 방문할 걸 알고
아예 뫼똥을 없앨라고 했당께요
천만 원씩이나 줌시롱 회유 공작을 혔지요
이장 안 하면 불도자로 확 밀어붙일팅게
밀어불면 그나마 뼈도 못 추린다고 이장하라고
협박도 하고 꼬시기도 하고 그랬지라
그래서 26기가 이장을 했어라
그걸 밤마다 몇몇이 묘지에서 자면서 지켰지라

부모가 짜잔해서 자식도 간수허딜 못하고

자식 죽인 부모라고 손가락질도 당하고
살아온 세월이 너무 모질고 기막히요
그게 젤 가슴이 맺히고 한스럽지라
선상님들이 가르치는 아이들한테
우리 아들 헛되이 죽지 않았다 가르쳐 주시면
이 짜잔한 에미 애비 지금 죽어도 한이 없겠소

*5 · 18 사망자 문재학의 부모 김길자 문건영의 구술 증언

유월 밤꽃

과부들만 좋아한다냐
이 시큼하고 비릿한 냄새
미치겠다 환장허겄어
벌들도 참기 어려운
달밤의 달뜬 치기稚氣
꽃 피는 봄날도
뜨거운 여름도 잠깐이나
욕망은 끊임없이 솟아
오늘 밤 꿀벌은
밤새 춤추고 날아야 하리라
비단 미칠 것들이 향기뿐이랴
밤꽃 냄새 같은 피 내음
핏물로 물든 유월의
전쟁과 어린 민주주의
세차게 타서 밝혀야 할
세상이 저 아래 있으니

산꼭대기 풍경은 잊으라
높이 오르지 않아도
코끝을 찌르는 아찔한
밤꽃 향기 하나로도
삶은 아름답고 충만하리니

언어도단

어이가 없을 때 말이 막힌다
입이 없어서가 아니라
말의 길이 끊겼기 때문이다言語道斷

첨단 화기로 중무장하고
총부리를 숨겨둔 채
우아하게 비무장지대라 부르는 말

누구의 잘못인지 뻔히 알면서
자신의 과거와 허물을 감추기 위해
독립운동을 빨갱이로 몰아 죽이는 말

과거사의 아픔에 대한 사과나 연민도 없이
이웃 나라 길들이기 하려고 목 조르면서
요리저리 말 바꾸는 아베의 옹색한 헛소리

이해理解가 아닌 이해利害의 말들을
의도적으로 아무렇지 않은 척 씨불이다가
말이 말의 칼에 베여 역사가 늪에 빠졌다

팩트체크

세상은 가짜와 거짓으로 차고 넘친다
뉴스도 얼굴도 대통령의 눈물도 가짜다
사회는 과학으로 점점 더 촘촘해지고
기술로 사람의 속까지 들여다볼 수 있는데
세상의 진리는 점차 흐릿해지고
저마다 예쁘게 성형한 얼굴로
존엄과 민주의 신념을 흔들고
문명은 더 이상 지혜를 밝히지 못한다
신을 참칭하며 거품을 무는 목사들과
국민을 오도하며 밝게 웃는 정치인들과
가짜 뉴스와 거짓 논설로 채워진 언론들과
수장된 죽음을 조롱하는 엄마들의 부대가
거리의 태극기와 함께 확성기를 틀고
거짓 신념의 프로파간다가 되고 있다
진실을 알기 위해 팩트를 체크하는 일이
미세먼지처럼 하루의 일상이 되고 있다

김복동

이미 죽었다 산 몸인데 다시 죽는 게 대수겠나
이렇게 사는 건 살아도 산 게 아니다
검버섯 눈물 고랑에 눈물을 흘리며
아무 일 없었다는 듯 숨기고 살 수는 없었다

할 수 없으니 참고 살라는
어머니와 식솔들의 말을 따를 수 없었다
나의 치욕은 나의 잘못이 아니다
어린것들 하나 지키지 못한 식민의 설움과
해방된 나라의 비겁한 정부의 무능과
상층의 계산된 교활을 고발하고 싶었다

몇 푼의 돈으로 망각을 강요하는
제국주의자의 얼굴을 까발리고 싶었다
기억이 정의다
망각이 가장 반역사적인 일이다

모두가 기억을 심장에 박는다면
역사는 없어지지 않으리라 각오하면서
노후만 염려하는 젊은 세대를 부끄럽게 하며
누구는 한참 요양원에 누워 있을 나이에
팔십의 정갈한 소녀는 운동의 새 길이 되었다

우리가 했다 미안하다 용서해다오
죽기 전에 오직 이 세 마디 말을 듣기 위하여
세계의 도시를 날아다녔으나 듣지 못하고
듣고 싶었던 말들은 물꼬를 터서
소녀상 앞에 넘치는 평화 물결이 되었다

복덩이로 살라는 아비의 뜻과는 달리
스치고 밟혀도 일어나는 질경이처럼
구십이 넘어도 천상 소녀였던 여인은
평생에 처음 누리는 자유의 노래로
아무도 꺾을 수 없는 이 땅의 깃발이 되었다

진영

쨈 먹고 쨈 먹고 쨈 쨈 먹고 먹고
너 먹고 나 먹고 이 집 주고 저 집 주고

손녀가 박수치며 어쭙잖게 노래하는데

편 먹고 편 막기 편 막고 편 먹기
먹고먹고 편편편 막고막고 편편편

내게는 이렇게 들렸다
요즘 귀가 이상한가 세월이 수상한가

두렵다

주일이 두렵다

교회 가는 것이 두렵다

오늘 어떤 말씀이 선포되는지

몰라 걱정이고 또한 예상되어서 두렵다

하늘과 땅의 문제가 모호한 것인지

하나님의 분노인지 사람의 증오인지

분간할 수 없어 두렵다

불이나 물, 하늘에서 쏟아지는

심판이 무서운 것이 아니라

하나님의 이름으로 행해지는

너무나도 선량한 성도들의

집단 차별과 혐오에

한 점 부끄러움도 없이

당당한 것이 무섭고

노인도 댓글을 배워 천국을 지키라는

도그마와 선동이 거룩한 설교로

맹목의 순종이 열성적인 신앙으로
찬양되는 게 두렵다
이 두려움과 어둠에서 어떻게 빠져 나갈까
주저하고 망설이는 동안에도
일요일마다 꼬박꼬박 빠지지 못하는
나의 관성이 정말이지 가장 무섭다

살처분

우리 마을에 돼지열병이 돌고 있어
마을의 모든 돼지를 살처분했다

살처분이란 멀쩡히 살아있는 것들을
선제적으로 '살殺'해서 땅에 묻는 것인데

인간이 무슨 권리로 살아 펄펄 뛰는
돼지를 떼로 강제로 살殺할 수 있는지

들리는가 저 비명소리 살殺할 시간도 없이
생매장당하는 공포의 현장을 상상해 봤는지

이 섬뜩하고 엄청난 말들을 아무런 통증없이
이렇게 아무렇지 않게 말해도 괜찮은 것인지

공교롭게도

우연히 마주친 여인들을 십수 회 넘게
끔찍하게 살※해서 도랑이나 숲에 유기한

엽기적인 연쇄살인사건의 범인 검거로
떠들썩한 화성판 추억의 TV를 들여다보면서

묻고 싶다

당하는 자의 입장에서
연쇄살인과 살처분은 어떤 차이가 있는가

너는 그때 어디에 있었는가

해고 노동자 김진숙이 35m 85호 크레인에서
309일 동안 목숨 걸고 싸우고 있을 때

김진숙을 응원하기 위해 희망버스를 타고
새우잠을 자며 부산까지 수백 리 길을 달려

수천 명이 영도 변두리 바닷가에서
싸구려 텐트 하나 없이 노숙하며 싸울 때

너는 어디에 있었는가

잘 다녀오라고 손을 흔든 지 몇 시간 만에
달뜬 수학여행을 태운 배가 침몰하고

바다에 자식을 묻은 수백 명의 어미 아비가
함께 울던 이웃들과 소리쳐 울부짖을 때

안산중앙역에서 학교를 거쳐 화랑분향소까지
애도의 인파가 슬픈 물결이 되어 흐를 때

진실을 알려달라는 국민의 목소리를 향해
빨갱이들 시체장사라고 비하하고 놀리며

힘으로 법으로 눌러 진실을 감추며
이제 슬픔을 거둘 때라고 점잖게 훈계할 때

너는 어디에 있었는가

촛불의 힘으로 무법한 권력자를 추방하고
국민의 민주 권력을 힘들게 새로 세웠을 때

혁명의 반동이 촛불 성지 광화문을 더럽히며

촛불의 의미를 조롱하고 넘 볼 때

부패 권력과 거대자본이 다시 고개를 쳐들고
촛불혁명의 촛불이 바람 앞에 위험할 때

너는 그때 어디에 있었는가

선출된 민주주의의 존엄을 짓밟고
검찰정치가 주권자의 그림자를 지울 때

너, 나라의 주인 된 자여
발 딛고 서 있는 장소가 너의 정체성이니

오늘 너는 어디에 있는가

시인 나태주

공주에서는 공주에서 나서
공주에서 공부하고 잠깐 나갔다 오더라도
공주에서 뿌리내리고 살면서
한 업적 하는 사람이라야 공주 사람이라고 한다

나태주는 공주에서 나지 않아서
공주 사람이라고는 할 수 없는데
지금은 공주의 주인처럼 살고 있다
제민천濟民川의 흐르는 시가 되고 상호가 되고
찻집마다 밥집마다 벽시壁詩가 되어 걸려 있다

일찍이 젊어 우금치 아래 터를 잡고
쓰러지는 골목길에 숨을 불어넣으며
비단강 강심에 피어나는 물안개를 노래하면서
자동차 면허가 없는 그는 날마다 자전거를 타고
남의 동네를 자기 마을처럼 평생 지키고 산다

그이의 노래를 통해서 공주는
멀리서 보이는 풍경이 되기도 하고
해거름 금강교가 공주의 퐁뇌프가 되거나
실내 나는 시장통 사람들의 거친 울음이 된다

봄 통천포 찬란한 배꽃과
굽이치는 길 마곡의 황홀함을 노래하고
여름 공산성 공북루 흐르는 강물을 돌아보며
가을 갑사 단풍의 유서由緖를 찬양하고
겨울 계룡산 삼불봉의 설경을 설법한다

사시사철 공주를 끔찍이 사랑하기에
한 철 하루도 공주를 떠나지 못하고
누가 알까 무서워 소문 없이 살고 있다

큰 소리로 말하지 않으나 울림이 있고
어렵게 말하지 않으나 깊이가 있고
끊임없이 입에서 실을 토해내는 누에 마냥
시를 만들지 않고 입말로 노래하는 사람

화려한 장미보다 메꽃을 사랑하고
잘생긴 소나무보다 어린 풀꽃을 노래하며
강한 힘보다 여린 것들을 돌아보고
과격한 폭포보다 여울 소리에 귀 기울이면서
눈물도 힘이 되는 사람

텃세 은근한 되바라진 작은 동네에서
공주 사람도 아니면서
신동엽이 금강의 주인이듯
나태주는 스스로 물줄기가 되어
마침내 비단강의 주인이 되었다

세상의 경계에 피어 있는 시詩

권덕하(시인)

　수많은 꽃들이 피어나는 봄입니다. 마을 앞산 뒷산에도 생강나무 매실나무 산수유 진달래 산벚나무 조팝나무 꽃들이 연이어 피고 집니다. 이런 봄에는 눈을 통해 온몸이 호강합니다. 이 꽃들을 앞으로 몇 번이나 볼 수 있으려나. 이런 혼잣말을 하며 수수꽃다리 향기와 꽃그늘에 젖은 채 기다리던 임의 모습이 불현듯 떠오릅니다. 이렇게 꽃은 잃어버린 기억을 되찾아주고 그동안 잊고 살던 몸의 지각 활동을 돌아보게 합니다.

　벚꽃이 활짝 피었다가 연이틀 내린 봄비에 거의 지고 말았습니다. 땅에 흩어진 흰 꽃잎들을 바라보노라니 '죽란시사'의 규약이 떠오릅니다. "살구꽃이 피면 한번 모이고, 복

숭아꽃이 피면 한번 모이고, 참외가 익으면 한번 모이고, 서늘한 가을이면 연꽃을 보러 서지에 모이고, 국화가 피면 한번 모이고, 큰 눈이 오면 한번 모이고, 세밑에 매화가 피면 한번 모인다." 해가 바뀌어 다시 봄이 왔는데도 꽃이 지도록 모임은커녕 벗들을 자연스럽게 만나지 못해 아쉬움이 큽니다. 우리가 모이지 못해도 함께 있는 것이니 외롭지 않다고 생각하며 지냈지만 스스럼없이 모이는 것도 문제가 될 수 있다는 세상이 낯설기만 합니다. 이제는 인간의 문화 자체를 반성해봐야 할 때가 아닌가 싶습니다. 홀로 있으면 아침에 진 꽃잎을 저녁에 줍고, 둘이 있으면 국화 앞에 촛불을 켜고 꽃 그림자가 그린 수묵화를 즐겼고, 여럿이 새벽에 연못에 배를 띄우고 눈감고 숨죽인 채 연꽃이 피는 소리를 기다리며 살았던 시인들의 삶을 그려 봅니다.

이렇게 꽃이 지는 것을 아쉬워하는 사이에 아득한 기억, 내가 잃어버린 시간의 저편에서 오랫동안 만나지 못한 사람으로부터 기별이 왔습니다. 놀라지 마라며 조심스럽게 통화할 수 있겠냐고 문자로 물어온 사람은 고등학교를 함께 다닌 적이 있는 전종호 시인이었습니다. 문자를 읽으며 시인의 얼굴에 겹친 문학 소년의 진지한 표정이 떠올랐습니다. 놀랍기도 하고 반갑기도 해서 통화하고 나서 시인이 두 번째 시집을 준비 중에 있다는 사실 또한 알게 되었습니다. 이 때문에 봄날 밤의 마음은 바람결에 꽃잎처럼 설레었던 것인데, 그것은 생의 봄날에 품었던 문학에 대한 순정을 새삼 돌이켜보았기 때문이기도 했습니다. 수십 년의 세월을 건너 뛰어 만나게 할 정도로 문학으로 맺은 인연이 깊은 것인가요. 그 당시 함께 읽었던 소설 제목을 빌려 표현하자면 '시는 힘이 세다'라고 할 수 있겠지요.

시인이 보내준 시 원고를 읽고 이 글을 쓰는 것도 꽃부터 정성껏 모신 시인의 몸가짐 때문이기도 합니다. '달맞이꽃'이라는 시로 시작하는 시집 원고를 반갑게 받아 바람 불어 꽃들이 즐거운 봄날에 읽게 된 것도, 다 꽃의 힘 때문이요, 시의 역량에서 비롯한 것이라는 생각이 듭니다. 시집의 첫 시가 '달맞이꽃'인데, 저도 같은 제목의 시를 쓴 적이 있어서 마음이 더욱 끌렸습니다.

쏟아지는 햇살에 맞서
나 같은 게 뭐라고 고개 빳빳이 쳐들고
얼굴 세우고 있을 필요가 있을까요
오가는 사람들 한마디씩 하고
바람도 이따금 스치고 지나며
꽃밭 한 귀퉁이 쓸고 가는 마당에
꼿꼿이 턱 받히고 있을 이유가 뭐 있겠어요

그래도 그래도 말입니다

보는 사람들 아무도 없을 때

모두가 잠들고

당신 혼자 노랗게 하늘을 비출 때

어여뻐 여겨 주는 당신에게

다소곳이 맑은 얼굴 한 번 들고

혼자서라도 웃어 보이면 안 될까요

보는 사람들 아무도 없을 때

당신 얼굴처럼 노랗게 피었다

조용히 숙이는 건 괜찮겠지요

감히 넘볼 수 없는 당신 앞에서

고개를 뒤로 돌리고

숨죽여 울다 가는 것이야 괜찮겠지요

– 「달맞이꽃」, 전문

    등교길가에 피어 있던 달맞이꽃을 기억합니다. 밤새우고 새벽을 맞는 꽃은 참 인상적이었습니다. 달맞이꽃은 칠레가 원산지인 귀화식물인데요, 꽃을 공부하는 한 학자가 이 꽃에 숨겨진 무늬를 새롭게 발견했답니다. 서구에서는 아프로디테, 곧 비너스라고 부르는 별, 금성에 있는 구름을 관찰하기 위해 사용하는 자외선 필터를 끼우고 달맞이

꽃을 찍어보니 우리 육안으로는 보이지 않던 환상적인 무늬가 있더랍니다. 사람들이 잠든 밤에 수분하기 위해 박각시나방을 유혹하는 달맞이꽃만의 고유하고 은밀한 표현 방식이 참으로 시적입니다. 꽃이 본성대로 표현한 무늬는 "하늘을 비추다" 별빛과 달빛에 감응하여 생긴 것처럼 상상할 수도 있네요.

시 '달맞이꽃'에는 시적 화자가 꽃을 바라보다가 꽃의 때깔에 조응하고 꽃과 교감하는 정황이 행간에 숨어 있습니다. 서로 낯꽃을 비춰보고 제 모습을 돌아볼 때 생기는 은은한 정서가 공감을 자아냅니다. 시적 화자가 꽃이 되고 꽃이 시인이 되어 서로의 처지와 상황을 함께 겪고 심정이 변하는 현실이 시에 잘 표현되어 있는 것입니다. 이 시에서 달맞이꽃은 또 다른 몸주체이며 표현 주체로 나타납니다. 시적 화자인 나와 달맞이꽃은 주체와 대상으로 구분되어 범주화되지 않습니다. 이들은 공존하는 상호 주체의 세계에서 서로 표현을 주고받는 존재자들입니다. 이들은 공생하는 생리에 맞게 동일한 차원에서 정다운 몸짓으로 연결된 사이, 곧 정서적으로 호응하고 소통하는 사이라는 것을 시인은 적실하게 표현하고 있습니다.

우리가 마주하는 존재자 중에서 꽃은 대상과 주체로 나누는 위계적 인식 구도를 무색하게 합니다. 꽃은 의식 주체의 대상이나 객체가 아니라 오히려 우리의 시선을 잡아끌어 아름다운 정서를 불러일으키는 능동적인 주체입니다. 나와 타자 사이에 핀 꽃은 나와 타자의 경계를 해체하여 사이좋게 만들고, 우리가 살아가는 곳이 주체들이 공존하는 세계임을 분명히 합니다. 꽃은 과학적 사실로만 환원되지 않고 우리 삶속에서 아름다움이 무엇인가를 직관적으로 깨닫게 하며, 서로 오가는 표현을 통해 교감하며 우리가 상호 주체적 현실을 체험한다는 것을 실감나게 합니다. 그래서 꽃이 주인공인 전설, 신화, 이야기는 꽃의 종류만큼이나 많고 다양하고, 꽃이 비유하거나 상징하는 것도 우리 심신에 깊이 새겨져 있고, 우리는 꽃마다 꽃말을 붙이고 꽃을 시의 소재로 삼으며 살아온 것입니다.

알아주는 사람
하나 없어도
울 밑이나 도랑 옆
낮은 세상을
혼자서도
환하게 비추고 있다
－「채송화」, 부분

시인이 발견한 이런 '채송화'의 모습, 곧 자신의 존재를 알아주지 않아도 제 본성대로 살아가는 모습은 고전에 담긴 존재의 품격과 상통합니다. 눈길이 가지 않고, 발길이 닿지 않는 소외된 자리라는 것도 인간의 편견에 따라 규정한 것일 따름이고, 남이 나를 모른다고 서운해 하지 않고, 오히려 내가 남을 알지 못함을 걱정한다는 참말이 떠오릅니다. 우러를 것도 내려다 볼 것도 없이, 뿌리 내린 자리에서 "낮은 세상을 환하게" 비추며 묵묵히 살아가는 채송화에 시인은 자신을 비춰보고 있는 것입니다. 이런 시적 태도에는 존재자들에 대한 시인의 깊은 사랑이 함축되어 있습니다.

한겨울에 잎을 내고 열매를 키워
살아서 보잘것없는 씨앗으로
허기진 겨울새를 먹이고
죽어서 몹쓸 병 약제로 거듭나

아픈 사람을 고치고 살려서
마른 나무에 푸르름이 있고
굳은 열매 안에 생명이 배여
삶은 비로소 역설이라는 것을

홀로 몸소 가르치며

다시 겨울을 기다리고 있다

　－「겨우살이」, 부분

　시인은 식물을 자신을 비춰보는 거울로 삼고 있습니다.
시인은 자신을 식물들과 동등하게 대하거나 심지어 높여
보기도 하며 식물을 통해 자신의 삶을 바라보고 성찰합니
다. 시인의 표현 속에서 주위뿐 아니라 인간의 삶을 포함한
다른 존재자들을 비추는 식물은 의식을 통해 남을 구성하
고 견해를 붙여 타자화하거나, 남을 객관적 실재나 과학적
사실의 대상으로 환원하여 분석하거나, 남을 쓸모에 따라
서 분류하지 않습니다. 자기 존재를 유지하려고 애쓰다 뜻
밖에 남들에게 이로움을 주는 '겨우살이'와 같은 식물을 통
해 시인은 자신의 삶을 조망하려고 합니다.

　산에 들에 산다고 쉽게 야생화라 하지 마라

　본성을 따라 피고 웃고 지거늘

　산에 들에 산다고 본데없다 하지 말고

　수많은 생명을 통쳐 야생화라고 부르지 마라

　우리도 각각 얼굴이 있고 색깔이 있어

　이도 저도 아닌 복수 명사가 아니라

각자 고유명사임을 잊지 말아라
   – 「야생화」, 부분

지금까지 꽃을 보지 못한 것은
오로지 보고 싶은 것만 보았거나
있는 것을 없는 것처럼 생각했거나
외모나 쓸모에 대한 편견이었겠지만
당연할 수 없는 것을 당연히 여기는
얄팍한 생각의 습관 탓이 컸으리라
   – 「모과나무」, 부분

   시인은 뭇 존재자들의 존재 역량을 주목하면서, 그 본성과 저마다의 표현에 맞게 이름을 부르자고 합니다. 이름을 짓고 부르는 일이 존재자들이 고유성과 개성을 지각하는 일에서 비롯하는 것임을 시인은 강조합니다. 뭉뚱그려 야생화라 부르는 것은 존재자를 무관심하게 지나치는 것이며 성급한 일반화로 존재 자체를 추상화하는 일이라는 것이지요. 또한 모과나무 꽃을 모르고 산 것도 마음에 걸린다고 시인은 고백합니다. 이 시를 통해 존재자를 대하는 자연적 태도를 문제 삼는 시인의 됨됨이를 엿볼 수 있습니다. 시인은 습관적 인식이 배제한 존재자에 더 가까이 다가서고 그 고유한 본성으로 나아가 지각적 경험을 토대로 '존재자'를 새롭게 발견하는 것과 인과 관계의 필연성을 인식하는 일에 가치를 둡니다.

> 몸에 새겨진 시간을 버리고
> 시원始原의 시간으로 운동장을 걸으면
> 스치고 지난 것들이
> 새삼 다시 보이고
> 철 지나 늦게 핀 민들레
> 홀로
> 어두운 모퉁이를
> 노랗게 밝히고 있네요
> ─「속도」, 부분

> 미도파나 신세계, 줄지어 선 마네킹의 시선이
> 빛나기 시작하면 육교陸橋 위에서 쥐포를 굽는
> 아주머니네 뒷덜미 솜털이 일어선다 바라보면
> 눈물이 쏟아질 듯한 거리距離에서 겨울은 손을
> 내저으며 모래내 할머니 하얀 머리에 찬바람
> 으로 와 앉는다
> ─「입동」, 전문

"마네킹의 시선"처럼 우리는 타자의 욕망을 자신의 욕망으로 여기고, 욕망하는 대상만을 관습적이고 기계적으로 인식하기 쉽지만, 존재자들은 저마다의 고유한 방식으로 예사롭지 않게 자신을 표현하며 엄연히 존재합니다. 시인은 몸주체의 지각 활동에 충실하게 존재자들의 표현을 관찰하고, 그 결과 나름대로의 가치를 체현하는 삶의 실존을 구체적으로 드러내며, 그 실존에 담긴 삶의 애환까지 따스한 눈길로 어루만지고 있습니다. 이런 감각 활동은 "몸에 새겨진 시간", 곧 계량화할 수 있는 크로노스의 시간에 예속된 것이 아니라, 발견하고 창조하는 카이로스의 시간, 곧 시의 시간을 온전히 경험하는 일입니다. 이런 시간에 밝은 눈과 섬세한 관찰력으로 시인의 감각 활동은 다른 감관들과 어울리는 경지까지 나아갑니다. 존재자들과 상호 표현적인 관계를 맺고 서로를 비추고 사귀며 세계에 관여하는 과정에서 겪는 지각 경험의 내용을 시인은 공감각으로 오롯이 표현하고 있는 것입니다.

지각 활동을 할 때 존재자들 사이에 서로를 지각하고 교류하는 현상이 자연스럽게 발생합니다. 누군가를 주목하면, 그 누군가는 나의 눈길을 지각하고 나를 바라봅니다. 내가 꽃을 바라보면 꽃도 나를 봅니다. 물론, 보는 방식은 서로의 본성에 따라 다르겠지만, 이런 눈길이 오고가면서 봄과 봄의 관계가 드러납니다. 지각하는 주체가 지각되는 대상이 되는 것이 세계의 현실입니다. 주체와 대상은 곧 대상과 주체로 처지가 바뀌는 것이지, 어느 한 쪽이 지각의 우위에 있고 일방적으로 주체 지위만을 유지할 수 없습니다. 양자 역학에서 우리가 대상을 지각할 때 대상의 상태는 지각하지 않을 때와 달라진다고 합니다. 이런 변화를 이용하여 도청 사실을 알아낸다고 하니, 지각하는 자는 지각되는 자들의 지각 영역에 이미 관여하고 있는 것임을 알 수 있습니다. 지각하는 사람이 명민할 때 지각되는 사람에게 흥이 생기고 힘이 솟기에 귀명창이란 말을 합니다. 여기서 한 걸음 더 나아가 내가 사물을 지각할 때 사물이 나를 거울로 삼아 자신을 지각하기도 합니다. 나르시스가 호수에 비친 제 모습을 보고 호수는 나르시스의 눈동자에 비친 자신을 본다지요. 따라서 각각의 존재자는 다른 모든 존재자들의 거울인 셈입니다. 나는 즉자적 존재가 아니라 남에게 무엇인 대자적 존재로서 너나없이 살아갑니다. 그래서 옛말에, 물에 겉모습만 비춰보지 말고 다른 사람들에게 자신을 비춰보라고 합니다. 시인은 나아가 사람 이외의 다른 종에게, 말하자면 채송화나 모과나무나 겨우살이 등에게 자신을 비춰보고 있습니다. '나는 무엇인가'보다는 '나는 남들에게 어떤 존재로 살아가는가'라는 질문에 대한 답은, 남들과 더불어 관계를 맺고 살아가는 사실 자체입니다. 시인에게 시는 그런 지각 경험에 충실할 때 생기는 표현입니다. 꽃식물이 힘들게 꽃을 피우듯이, 언어적 동물인 인간은 시를 지어 자신을 표현합니다. 꽃이 수분하듯이 인간은 시를 짓고 나누면서 표현에 담긴 뜻과 가치에 공감합니다. 세계는 서로를 비추며 서로에게 자신을 표현하는 상호 주체의 시공간이라는 사실을 시를 통해 깨닫습니다.

이런 상호 표현의 관계를 무시하고 인간은 의식 주체로 인간을 우위에 놓고 사물 일반을 포함한 인간 이외의 존재자들을 인간의 목적 달성을 위한 수단으로 여기면서 타자화합니다. 이 과정에서 주체와 대상은 분리되고 단절됩니다. 우리의 근대적 인식을 결정지은 것이 이러한 이분법적 구조입니다. 나와 남(타자), 주체와 대상이라는 두 항은 대립된 것으로 여전히 인식체계에서 힘을 발휘합니다. 서로 편을 나눠 맞서고 진영이 생기면 관계는 단절되고 많은 편견이 생기고 진영끼리 갈등하고 싸움이 일어납니다. 심지어 동요에도 이런 진영 나누기의 폐단이 스며있는 것 같다며, 시인은 세태를 풍자합니다(「진영」). 주체는 대상의 본성과 관계없는 것들로 대상을 구성하며 폭력을 가하고, 자신만을 정당화하는 과정에서 적과 동지라는 이분법은 강화되고 급기야 전쟁으로 타자를 부정하는 지경에 이르고 맙니다. 우승열패의 이분법적 구도로 세상을 인식하는 이 적대적 범주화는 타자화의 극단으로 치닫게 됩니다. 근대는 이분법적 인식을 극단화한 시기라고 볼 수 있습니다. 나와 남, 우리와 그들을 구분하고, 편을 가르고 대립적 범주 설정을 한 뒤 서로의 다름을 수용하지 않고 불화와 갈등을 일으키고 전쟁으로 치닫는 양상은 근대 이후라고 일컫는 지금까지 반복되고 있습니다. 시인은 이런 이분법적 인식을 극복하고 서로의 다름을 인정하고 평화롭게 공존하는 '본디'의 세상을 그리고 있습니다.

바닷물과 강물이 하루에 두 번씩 만나
해수도 담수도 아닌 기수역汽水域
짠물과 민물이 짠한 몸을 주고받으며
새롭게 거듭난 땅과 물에
덩치 큰 숭어도 붕어와 섞여 놀고
짜지도 담담치도 않은 개펄에
철새들 좋아하는 식물을 키워
때때로 노랑부리저어새 불러들이는 강변
세상도 잘난 사람 못난 사람 경계를 넘어
겉이 아니라 본디 제 모습대로
물처럼 서로 흐르며 살 수는 없을까

큰물 작은 물 합쳐지는 교하강交河江

햇빛과 어둠이 서로를 눕혀

아름다운 노을로 번지는 갈대밭에서

오늘의 어둠과 미명이 어우러져

피어날 힘찬 내일

인간의 새벽을 꿈꾼다

— 「기수역」, 전문

　이분법적 인식에 매몰되면 몸으로 살아가는 구체적인 세계를 상실합니다. 시인은 그래서 우선, 몸으로 돌아가자고 합니다. 감각 경험을 통해 시인은 진동하고 감응하고 공명하는 몸의 원초적 상태를 자각하려고 합니다. 시인이 지각 경험의 복원을 통해 현상의 장에서 일어나는 표현에 충실할 때, 우리는 그 동안 잊고 살던 몸이 엄연히 실존하고 있음을 깨닫습니다. 우리 몸은 우리가 지각할 때 지각 대상과 나 사이가 투명한 것이 아니라 몸이 매개하는 것이고 이때 나라는 범주는 몸과 밀착되어 있어서 몸주체의 실존을 자각하게 됩니다. 지각하는 몸이 주체이자 대상이기에, 주체와 대상을 이분법적으로 인식하는 습관을 시인은 문제 삼고 있습니다. 이러한 이분법적 인식에서 주체는 의식 주체이며 대상은 주체가 의미를 부여하는 객체일 따름입니다.

대상에 대한 객관적 지식에 집중하고 대상만을 의식하거나 의식만을 중요하게 여길 때는 정작 지각 경험을 망각하고 체험하며 살아내는 삶은 사라집니다.

실존하고 있는 몸주체의 현실을 감각 체험으로 자각할 때 분단된 세계의 폐습을 극복할 수 있는 길이 열립니다. 그래서 감각 경험을 온전히 되살릴 수 있는 시는 이분법적 대립구도를 상생과 공존의 자리로 변화시킵니다. 상호 주체가 어울리며 서로의 고유한 아름다움을 표현하며 공존하는 세계를 형상화함으로써 전종호 시인은 세상의 모든 이분법적 경계에 꽃과 함께 시를 피어나게 합니다. 나와 남이 만든 경계, 우리와 그들이 고집하는 경계, 이런 모든 경계에 시인의 노력으로 언어의 씨앗이 뿌려지고 뜻이 뿌리를 내리고 시가 피어납니다. 바람이 불면 다채로운 꽃들과 함께 경계 너머로 시의 표정과 몸짓이 생동합니다. 몸주체의 지각 경험에 충실한 표현에 담긴 "본디의 모습"이 아름답습니다. 분단의 경계를 넘어 흐르는 임진강 근처에서 시인이 아이들과 함께하며 살고 있는 모습이, 여기에 겹쳐집니다. 시적 표현으로 체현한 가치를 교육현장에서 실천할 때 본디의 모습 또한 한층 구체적으로 그려지고 나와 남의 경계 너머 창의적 소통을 통한 인간 능력의 잠재력을 현실화할 때 새로운 길이 열립니다. 교육 문제와 함께, 참혹한 역사적 사실, 열악한 노동 현실, 생태계의 파괴, 등 여러 가지 심각한 문제들을 주목하면서 시인은 시를 통해 자신과 이웃에게 그 해답을 묻고 되묻습니다. 시인은 세계와 생명적으로 교감하고 소통하며 문제를 해결하려 하는, 필연의 "오직한 길"을 가고 있습니다. 본디를 향한 시인의 걸음걸이는 외롭지 않고 활기찹니다. 그것은 연장延長의 공통된 속성을 가진 존재자들과 시인이 함께하기 때문입니다. 시마다 모든 존재자들이 인위의 경계를 무너뜨리며 저마다 존재 역량에 따라 표현의 순간을 살고 있습니다. 전종호 시인은 이 시집을 통해 존재자들이 저마다 고유한 표현으로 시詩의 시간을 "충만하고 온전하게" 살아내고 있음을 뜻 깊게 중험하고 있는 것입니다.

꽃도 나무도 사람도
마지막이 아니라 순간마다 완성되는 법
잎은 잎대로 꽃은 꽃대로
연두와 초록과 단풍은 또 그 빛깔대로
각각 충만하고 온전하게 살아 낸 것임을
— 「나무에 꽃이 없다 해도」 부분